JN140425

北海道豆本
series33

爪句
TSUME-KU
＠北科大物語り

爪句集 覚え書き—33集

　本爪句集シリーズで、共著で出版したものとしては本爪句集が２集目である。最初の共著例は第17集「爪句@札幌街角世界旅行」(2012年7月)で、巻末に13名の共著者の名前が並んでいる。本爪句集では10名（共著者のお名前は巻末に掲載）の共著者に作品を寄せてもらった。

　当然ながら、著者が一人の方が、大勢の共著者がいるより仕事はスムーズに運ぶ。爪句集の場合、同人誌のような作品を発表したい著者達の成果集とは異なり、編著者が作品をかき集めて爪句集にしているところがある。したがって、まず作品を集めるために精力を使う。そうまでして共著にする理由は、爪句集の内容が「北科大物語り」である事による。編著者は北海道科学大学（北科大）の客員教授にある立場でも、同大学に特別講義やその他用事があった時のみたまに訪れる状況では、"物語り"を構成する作品数にするには編著者一人では荷が重い、と考えた。

　しかし、爪句集一冊にまとめる程の作品数はな

かなか集まらず、結果的には作品の大半は編著者のものとなった。さらに、集まった共著者の作品は研究とか教育に集中していて、構内の自然、景観、イベント等の作品が少なかった。そのため、カテゴリー分けにしての編集作業を難しくした。大学人として研究、教育に精力を使うのは当然としても、それ以外には意外と大学の諸々の事に目が行き届かないのが大学人の日常である、というのが編集してみての編著者の感想である。

本爪句集で、編著者が最も留意した撮影対象は、構内でのドローンによる空撮であった。住宅密集地にある北科大はドローン飛行禁止区域である。しかし、国土交通省に研究やイベントに関連して、構内でのドローン飛行の許可申請を出し、その許可の範囲内での飛行が可能になる。このような手続きで撮影した空撮パノラマ写真を、本爪句集に作品として採用している。ただ、その特殊撮影の成果に気を取られると、爪句自体はメモ程度のものに後退するきらいもある。とは言え、普通に撮る写真に爪句と説明文なら誰にでも真似はできるだろうが、現在のところ空撮パノラマ写真は他の写真集でも見ることができないものである。この

点が本爪句集の特色にもなっている。

　爪句集は写真、句、短文が一体化した作品集を目指している。しかし、作品まで仕上げる過程では、写真の良し悪し、句の出来具合、短文の適切さをそれぞれ検討する。そこで空撮パノラマ写真のような撮影技術が決め手になるものが入ってくると、その段階がクリアできると、それで全部の仕事が終わってしまう感じになる。こうなると空撮とその後のパノラマ写真合成処理が主目的で、爪句は付け足しみたいになるのは前述した通りである。技術と文芸の両方に等量に力を注ぐのは難しいものだと感じさせられた爪句集になった。

　大学の研究者は、人によっては、多くの論文を残す（残せない研究者も又多い）。そのための研究データも膨大だろう。しかし、爪句集1冊に残された写真と句が、一般の読者を獲得して、研究者の足跡を論文以上に凝縮して記録している場合があるのではないか、と感じる場合もある。マスメディアに大枚を注ぎ込んで大学の宣伝を行う代わりに、「爪句＠〇〇大学」を大学の肝いりで出版した方が、費用対効果比が大きいのではならうか、とも思えてくる。その爪句集にキャンパス

の空撮パノラマ写真も掲載されているなら、大学への新入生全員に配布しても意味があるだろう。爪句集の新しい展開になるかもしれない。なお、「あとがき」でも述べているように、共著者のお一人の3DCGに関する研究成果が北科大の案内図として本爪句集に採録されていて、研究者が関わっている爪句集である点が象徴的に示されている。

　大学を対象にした爪句集は北海道大学に続いてこれが2冊目となる。他の大学の同様な爪句集を出版してみたいとは思っていても、その大学に本爪句集の編著者と同じ役割を担ってくれる人が居るのが出版には不可欠である。もしそのような状況が実現され他大学の爪句集が出版されるなら、従来の実績から、編著者は監修者の立場になりそうである。著者、編著者、そして監修者まで経験することになれば、所期の目的の爪句集全50集出版に、予定したよりは年数を縮めて目的に到達できるのではないか、と思っている。

爪句@北科大物語り 目次

爪句覚え書き—33

あとがき

北海道科学大学前田・北海道薬科大学桂岡キャンパス図

建物

1 ドローンを飛ばしての構内空撮
2 キャンパス上空から俯瞰する大学建屋
3 空から観察する構内の季節の変化
4 新棟建設中の構内
5 鯨を模した構内の建物と前田森林公園の夜の景観
6 北科大前田キャンパス再整備工事
7 建物は古くても先端技術研究に寄与する2号館
8 前田キャンパスへの学び舎の集積
9 新築中央棟（E棟）床に描かれた世界地図
10 大学のシンボル的建物になっている体育館

施設

11　吹き抜けのあるロビーを持つ建屋
12　オープンキャンパス時に部活動の紹介が行われる体育館
13　オープンキャンパスの研究紹介会場になる図書館ホール
14　図書館ホールでの理学療法学科の紹介
15　学生の本離れを垣間見せる図書館
16　講義棟に展示されていた名車 T 型フォード
17　お宝のクラシックカーが展示されている E 棟玄関ホール
18　図書館のアクセサリー
19　ネット時代の北海道薬科大学の図書館
20　人影の無い北海道薬科大学薬用植物園

学内環境

21　北科大の新シンボル塔時計
22　残雪に反比例して増える駐輪場の自転車
23　学内書店内で撮る爪句集
24　前身大学略称の名残の HIT プラザ
25　HIT プラザの作者の経歴のわからない手稲山の絵
26　HIT プラザ食堂の 100 円朝食
27　構内で見かけるセグウェイパトロール
28　大学の表玄関に居を構えた同窓会事務局
29　中央棟通路に展示された古い器具類
30　目立たない存在の喫煙小屋

景観

- 31 構内から見える冠雪の手稲山
- 32 ドローンによる空撮と着地失敗
- 33 多雪の年の構内
- 34 季節によるメインストリート景観の変化
- 35 季節により印象の異なるローンの白樺
- 36 構内から望めるシンボル景観の手稲山
- 37 キャンパス正面のバス停の芝桜
- 38 野球場で行われている体育の授業
- 39 構内から望む手稲山
- 40 北海道薬科大学桂岡キャンパスの眺望

自然

- 41 図書館のテラスから見たカササギ
- 42 大学構内に棲みついたかのようなカササギ
- 43 大学西通の前庭緑道に咲くヤマザクラ
- 44 平坦な構内に造られた築山での桜木探し
- 45 芝生で遠くからカメラを向けてツグミ撮り
- 46 図書館横の白樺の木に止まるヒヨドリ
- 47 構内で撮影したアオジ
- 48 野鳥の隠れ場所の図書館横の立木
- 49 運動施設のつながる草地のヒバリ
- 50 北海道薬科大学桂岡キャンパスのコケ道

研究

- 51 モエレ沼公園での気球の実験
- 52 無造作に各種装置が置かれている研究室
- 53 放送局並みの機材を備える本格的なメディアスタジオ
- 54 整然とMacが配置されたマルチメディアラボ
- 55 HIT-SATを打上げた日本が誇った世界最大の固体ロケット
- 56 人工衛星に搭載する無線局の免許状
- 57 北海道で唯一の超小型衛星用の運用管制局
- 58 超小型衛星との通信用アンテナと雪害
- 59 廃棄される学内の骨董品
- 60 結晶作りの苦労と期待

人

- 61 西安信理事長の塔時計談義
- 62 廊下に並ぶメディアデザイン学科のパネル
- 63 北科大研究生の電力完全自給の自宅記事
- 64 秋葉先生サイン入りのロケット模型を手にする三橋教授
- 65 小部屋で研究打ち合わせ中の秋葉鐐二郎先生
- 66 学生時代に学年担当教授だった松本正先生
- 67 広報の掲示板で紹介された写真展
- 68 サッポロバレーの記憶を引き出す竹沢恵准教授
- 69 室内で飛ばすトイドローンと最新ドローン
- 70 早々に大学の掲示板に貼り出された北海道新聞南空知版

講義・学生

71 希望に満ちた入学式
72 学び舎を後にする卒業式
73 学期末の就職活動
74 新築中央棟での特別講義
75 老桜に似た古稀の研究生
76 試験期間の学生生活
77 夢プロジェクト
78 学生からの声でもらう清掃のやり甲斐
79 寄贈の謂れが風化した振子時計
80 学生達の溜まり場のある中央棟

イベント

81 自動車展示が物語る北科大のルーツ
82 専攻や研究紹介の学生が着るお揃いのTシャツ
83 オープンキャンパスでのスポーツクライミング
84 オープンキャンパスの賑やかさと静かさ
85 大学祭(稲峰祭)に並ぶ屋台
86 稲峰祭と銘打った北科大学祭
87 稲峰祭での専門路線の展示
88 大学のマスコット・キャラクター「かがくガオー」
89 大学祭で構内を訪れる市民
90 菊まつり会場の北科大の看板

ニセコ山荘

- 91　ニセコ登山で利用する北科大の山荘
- 92　ドローンによる山の遭難者発見の実験
- 93　ニセコ山荘の思い思いの朝の一時
- 94　一夜で咲く雪の花を見るニセコ山荘の朝
- 95　地と空からの見る雪のニセコ山荘
- 96　ドローン飛行訓練場としてのニセコ山荘
- 97　ニセコ山荘の雪の朝
- 98　ニセコ山荘内のドローン飛行
- 99　冬の芦原ニセコ山荘
- 100　パノラマ撮影専用カメラによる空撮

北科大構内 3DCG モデル映像

1 ドローンを飛ばしての構内空撮

(2016・12・18)

電磁波が　ドローンと我を　つなぎたり

　　北科大のオープン・キャンパスでドローンを飛行させ、来学者の興味を喚起するイベントを耳にする。研究費を得てドローンに関係する研究も行っている三橋龍一教授に、構内でドローンを飛ばして空撮パノラマ写真を撮る許可の取得を依頼する。

建物

ドローン撮り　操作器カメラ　二刀流

大学から国交省に許可申請が出され、構内での空撮が許可になる。構内に人が余り居ない日曜日の朝に、気温とバッテリーの性能低下の実験データの取得も兼ねてドローンを飛ばす。空撮データを取得し、どうにかパノラマ写真合成に漕ぎつける。

2 キャンパス上空から俯瞰する大学建屋

(2017・5・7)

半世紀　周年学府　眼下なり

　札幌市内は人口密集地で大方はドローン飛行禁止区域である。ただし、国交省に許可申請を出し受理されると飛行が可能となる。ドローンの機体と操縦者が確認できる書類を作成して大学から申請してもらい飛行許可となる。日曜日の早朝人気の無

建物

(2017・5・7)

大学城 住宅街は 城下町

い構内の上空から開学50周年の大学を撮る。上空30mから俯瞰した構内のパノラマ写真には、薄緑の新緑で覆われ始めた図書館横の白樺の木と芝生が朝日に映える。高度150mでの写真では、大学を城に見立てると、囲む住宅街は城下町である。

3 空から観察する構内の季節の変化

(2016・12・18)

塀の中 新棟工事 進みたり

　異なる季節にドローンを飛ばし、空から構内の季節の変わり様を見る。2016年の師走の構内は中央棟の新築が進行していて、建物の周囲は塀で囲われている。壁の近くでドローンを飛行させ、新築中の建屋の写真を撮る。雪が解け構内に緑が戻っ

建物

(2017・5・7)

新緑の　構内俯瞰　ドローンの目

て来た2017年の5月に図書館横の芝生からドローンを離陸させて空撮を行う。完成した中央棟を囲っていた壁は無くなっている。日の出時の早朝で、構内を見下ろして撮った写真には車も人も写っていない。芝生とその周囲の木々に緑が戻って来ている。

4 新棟建設中の構内

北科大　パワシャ現れ　整地中

　毎年雪まつり終了翌日の夕刊に安全のため雪像を壊すパワーシャベルの写真がよく出る。左は似て非なる校舎の建て替え風景である。短期間で1号館は瓦礫の山となった。この場所に新校舎の中央棟が建つことになる。左は整備中の駐車場を横切り

建物

ユーモアで　カエルケロケロ　センスあり

仮設の北門に通じる通称ケロケロロードである。毎日ここを通っているとそれなりに愛着が出てくる。お堅いと思われている北海道科学大学の工事現場に、兄弟にサル・キリン・タヌキもいるがカエルを選んだセンスに感謝している。　　（故　槌本昌則）

5 鯨を模した構内の建物と
前田森林公園の夜の景観

昼食時　クジラに呑まれ　鯨飲か
（げいいん）

大学自慢の食堂であるHIT（Hokkaido Institute of Technology）プラザは、クジラをイメージして造られた。しかし、目の部分に連絡通路がついてしまって、残念なことにそのようには見えなくなってしまった。学内の懇親会・コンパでもよく使われる。

建物

鯨食や　夜空に伸びる　緑巨塔
(げいしょく)　　　　　　　(りょくきょとう)

北科大近くの前田森林公園橋の夜のライトアップは、無風で波が立たない日は新川の水面にきれいに映り、ワシントン・モニュメント並の夜景になる。橋を渡る人からはこの光景は見られず、東側の新川中央橋から見ることができる。　　（故　槌本昌則）

6 北科大前田キャンパス 再整備工事

思い出の　学びの校舎　寂しくも

　北科大は法人創立100周年の2024年までに、「北海道No.1の実学系総合大学」を目標に掲げ、多くの改革を進めている。既に北海道薬科大学と短期大学部が2015年度から前田キャンパスに移転しており、在学生約5,000名の総合大学となっている。

建物

束の間の　霞の奥に　手稲山

古い校舎の解体と新校舎の建築が数年にわたり続いている。写真で解体されている建物には学長室などがあり、大学の中心で歴史を刻んで来た。解体工事により、束の間であるが研究室の窓から霞の彼方に手稲山を望むことが出来る。　　（三橋龍一）

7 建物は古くても先端技術
　研究に寄与する2号館

2号館　風車とパネル　名物に

北海道工業大学から北海道科学大学になる前後には、学内の随所に新しい建物が建ち、最も古かった1号館は解体撤去され、現在では昔の面影を残す一番古い建物は2号館となっている。その入口の上には小型の太陽光発電装置と小型の風力発電

建物

電力も
自然の恵み
希望見え

装置が設置され、電気電子工学科の教員の研究用として、日々の気象条件等による実証データを取得している。また、この二つの発電装置は、オープンキャンパスや父母懇談会の際の見学常設コースに指定され、学内の見所にもなっている。（三澤顕次）

8 前田キャンパスへの
学び舎の集積

実学の　技を極めよ　我が学府

北科大は、ヒューマニティとテクノロジーの融合、時代の要請に即したプロフェッショナル教育、地域社会への貢献の3つを基本理念とする。+Professional のキャッチコピーで、産業と社会に貢献できる人材を育成する「北海道 No.1 の実学系総

建物

夢拓く 科学と薬科 肩を組み

合大学」の実現を目指す。鮮やかなオレンジ色の Progress "H" と名づけられた新シンボルマークが教授らの教育への情熱を表現している。北海道薬科大学も札幌市手稲区の前田キャンパスに移り、約5,000人の学生が日々勉学に励む。　（小松隆行）

9 新築中央棟(E棟)床に描かれた世界地図

(2017・5・26)

日本から 緯度を延ばせば 同窓会 (青木曲直)

2017年の開学50周年に合わせて新築され、3月に完成を見た中央棟(E棟)の玄関ロビーの床に世界地図が描かれている。日本列島が彩色されていて、注意を惹くデザインになっている。いっそのこと北科大のロゴマークを地図の上に重ねても良かっ

建物

世界へと 羽ばたけ高く 手稲から （小林敏道）

と思われるが、そこまで宣伝するのはためらわれたか（青木曲直）。別称HUSプラザの床にあるこの世界地図のデザインは、北海道科学大学で学んだ学生たちが世界で活躍することを願い、日本が中心に描かれた世界地図になっている。　　（小林敏道）

10 大学のシンボル的建物になっている体育館

(2017・5・1)

この空間　受賞呑み込み　体育館

大学のシンボル的施設の一つとして体育館がある。北海道工業大学の時代に建てられたため HIT ARENA と名付けられている。外壁に太陽光発電パネルが取り付けられ、照明学会照明普及賞を受賞している。さらに北海道建築賞受賞も加わる。内に

建物

(2017・5・1)

練習は 何の競技か サブアリーナ

入ってみるとメインアリーナとサブアリーナが隣合わせになっている。メインアリーナは1Fの1面がガラス張りになっていて、競技が観戦できる。サブアリーナも一部ガラス張りで、廊下部分からの観戦が可能である。少人数の学生が練習を行っていた。

11 吹き抜けのある
　　ロビーを持つ建屋

(2016・5・9)

鏡中に　我が影のあり　塔時計

　A棟は北海道薬科大学共用講義棟であり、4階までの吹き抜け空間の壁際に塔時計が設置されている。ホールに人っ子一人写っていない状況のパノラマ写真を撮ったと思っていたら、塔時計の後ろの鏡に自分が写っていた。G棟は講義棟で、4階ま

施設

(2017・7・21)

見上げれば 吹き抜け高く 講義棟

での吹き抜けのあるロビーがある。その1F部分には学生課や教務課、パソコン相談室などの学生生活をサポートする機能が集まっている。ロビーの電子掲示板には入学願書をWebで提出する案内が表示され、大学の入試もネット時代に突入である。

12 オープンキャンパス時に部活動の紹介が行われる体育館

(2015・8・8)

壁際が 利用されたり 大空間

オープンキャンパスでは部活動が紹介される。この時は巨大な空間の体育館の壁際に沿って机が並べられ、色々な部がパネルやデモ用のモデル等を用意して説明の態勢を整える。しかし、興味を持って聞きに来る来場者が多いとも言えず、手持

施設

衛星が　机上(きじょう)にありて　部活動

無沙汰で部員同士が雑談に興じている。同好会「宇宙開発研究部」のパネルのある机の上には、同大学で開発し、宇宙空間から信号を送ってきた超小型衛星HIT-SATの予備用に製作した実機もある。同好会活動というより大学の宣伝である。

13 オープンキャンパスの研究紹介 会場になる図書館ホール

赤シャツが　ガラスの絵より　目立ちたり

> 図書館の1Fホールは大学のイベントに即した会場に早変わりである。オープンキャンパス時には、大学で行われている研究紹介のブースが並ぶ。入学して研究室にやってくるかもしれない高校生や関係者に対する研究紹介は熱が入るだろう。パネ

施設

(2015・8・8)

客が来て 研究紹介 熱が入り

ルや画像を見せるパソコンが置かれて客待ちである。ホールの彫刻やステンドグラスの存在の影が薄い中、研究紹介のスタッフの学生達の赤シャツ姿が多く目につく。それに比してブースにやって来る来訪者の数が少なく、スタッフ同士の雑談が続く。

14 図書館ホールでの
理学療法学科の紹介

(2015・8・8)

北科大　医療技術も　守備範囲

　オープンキャンパスでは各学科の紹介のため、学科を特徴づける展示品が図書館ホールに運ばれる。人体骨格標本が立て掛けられたブースのパネルには理学療法学科の文字がある。この学科は保健衛生学分野と工学分野にまたがって医療関連の人材

施設

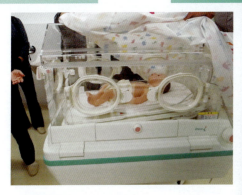

新生児 学の手助け 北科大

を育成するのが目的である。学科が属する保険医療学部にはその他に臨床工学科、看護学科、義肢装具学科、診療放射線学科がある。道新文化センターの街歩き講座で保険医療学部の一部を見学した事がある。実習用の新生児の人形が記憶に残る。

15 学生の本離れを
垣間見せる図書館

(2016・1・15)

贅沢な　空間のあり　知の倉庫

施設

　客員教授ということで図書館の利用者カードを新しく作ってもらう。開架式の立派な図書館で利用し易そうである。しかし、その割には利用者の姿が少ない。我が身で考えても調べ物をするのはパソコンかスマホで行い、図書館を利用することはまずはない。調べ物でなくても本や雑誌も若い頃と比べると格段に読まなくなった。本離れは若い世代と同様年配者にも及んでいるだろう。電子書籍や電子図書館が紙の本離れを加速させている流れの中にあって、紙の本やそれを並べている図書館の役割は、と考えながら写真を撮る。

利用者で　書籍離れを　推し量り

(2016・1・15)

16 講義棟に展示されていた
名車T型フォード

T型は 時代画する 車なり

施設

　北海道薬科大学共用講義棟（A棟）にオールドファッションの自動車が展示されている。パネルに「T型フォード」と紹介され、同大学短期大学部の所有とある。米国のヘンリー・フォードにより1908年に大量生産が開始され、時代を画した名車である。展示の車は1926年製で当時のままの動体保存で、現在も正常に走行可能である。エンジン諸元も書かれていて、直列4気筒4サイクル水冷エンジンで最高速度60Km/hとある。クラッシックカーの好きな人ならしばらくは傍から離れられないだろうが、今回はパノラマ写真撮影で終わりとなる。

北科大　古典車の在り　講義棟

(2016・5・9)

17 お宝のクラシックカーが展示されているE棟玄関ホール

(2017・3・27)

大学の　出自を語る　展示なり

　北科大のルーツは1924年に創立された自動車運転技能教授所にある。現在も北科大グループの一員として自動車整備士養成の北海道科学大学短期大学部があり、短期大学部の歴史を語る財産として1926年製フォード・モデルTが保管されている。

施設

お宝は 古典名車の モデルT

2017年にE棟が新築され、その玄関ロビーにこの一世を風靡した自動車が展示されている。動かすこともできる骨董品の車である。1908年に発表されたモデルTは桁外れのベストセラーの自動車となり、工業製品大量生産時代の幕開けの象徴となった。

18 図書館の
アクセサリー

(2017・5・26)

ラウンジで　自然とアート　見比べる

　建物や施設には本来の機能から離れてアクセサリー的な装飾や置物がある。北科大図書館の1Fラウンジには「黎明」の作品名のステンドグラスがある。作家は大伴二三彌で、出身地の射水市に大伴二三彌記念館「光と造形の美の森」がある。2Fの

施設

(2017・5・26)

陶象の 作品名は 「陶像」なり

図書室入口には「陶像」と題されたオブジェが置かれ、作家は陶象家の相馬康宏である。由仁町に「UNI-絹窯 美術館ギャラリー」に同作家の作品が常設展示されている。陶象家と陶芸家と言葉の使い分けがなされていても、違いがはっきりしない。

19 ネット時代の北海道薬科大学の図書館

(2017・7・21)

机上見ぬ　書架から移動　書籍影

　北海道薬科大学（道薬大）は2018年に北医大と統合予定で、旧キャンパスのあった小樽市桂岡から手稲前田の北医大のキャンパスに移った。両大学の学生に対して講義室や食堂・売店等は共用で、専門が異なる図書室は図書館内で別々になっ

施設

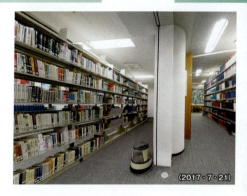
(2017・7・21)

ネット時代 存在問われ 書架の本

ている。道薬科大の図書館に入ってみると、薬学関係の書籍が書架に並んでいる。しかし、勉強していると思われる学生達の机の上に本が重なって置かれている様子はない。ネット時代で、本で調べる事は少なくなっているのだろうと推測できる。

20 人影の無い北海道薬科大学薬用植物園

(2017・8・1)

園内に エクステリアで 百葉箱

　学生の姿が消えた道薬科大学の桂岡キャンパスに建物や施設が残され、薬用植物園もこれまで通りである。植物園は期間限定で、一般市民に開放されている。しかし、交通の便も良くなく、訪れる見学者は少ない。業者に委託して薬用植物園の

施設

(2017・8・1)

植物の　名札のみ見え　無人園

維持・管理が行われているようで、園内は手入れが行き届いている。百葉箱が目に付いたが、これは利用しているというより、庭のエクステリアとして置かれているのだろう。「小樽・石狩秘境100選」(共同文化社、2007年)の取材が思い出される。

21 北科大の新シンボル 塔時計

(2015・6・10)

理事長が 自ら操作 塔時計

　編著者は道新文化センターの講座「身近な都市秘境を歩いてみよう」の講師を勤めていて、毎年一般市民には縁遠い場所を探し出し案内している。2015年はコースの一つに北科大を選び、同大理事長の西安信先生から同大の新しいシンボルになっ

学内環境

(2016・5・9)

北科大　秘境講座で　デビューなり

ている塔時計誕生にまつわる話を聞いた。この時計は札幌時計台の時計を製造した米国ハワード社のチーフエンジニアのブラックウェル氏の会社製のオリジナル時計である。西先生自ら塔時計の操作を披露され、その写真を翌年の講座紹介に使った。

22 残雪に反比例して
　　増える駐輪場の自転車

(2016・5・9)

雪解けて　自転車増えて　主を待ち

　学生達の通学の手段はバスと列車と自転車である。北科大は周囲に坂などがない平地にあるので、積雪が無い季節には自転車が学生の足として利用される。構内の残雪に反比例して通学の自転車は増える。自宅と大学間、JR手稲駅と大学間で自転

学内環境

(2016・5・9)

見下ろせば 駐輪列の 行儀良さ

車が用いられているようである。駐輪場の自転車の数は壮観である。自転車を並べる担当の整備員が雇われていて、駐輪場でこまめに自転車の整理整頓を行っている。自転車の整然とした駐輪列は校舎の階段の踊り場からも見下ろすことができる。

23 学内書店内で撮る爪句集

紹介の雑誌と並べ爪句集

北科大に用事があって出向く。本来の用事の前に同大の書店を覗く。書棚に「HO」という雑誌があって、最近出版した爪句集「爪句@札幌の行事」の紹介がある。読者の応募者3名に同爪句集が贈られるようだ。たまたまこの爪句集を持っていたの

学内環境

(2017・3・3)

店員に 持たせ撮りたる 我が句集

で、書店の店員に訳を話して、雑誌のページと爪句集を並べて持ってもらい写真を撮る。この写真だけでは店内の雰囲気が伝わらないので、雑誌と豆本を持ったままの状態でパノラマ写真を撮る。こんな写真を撮ったのは初めてで、記念になる。

24 前身大学略称の名残の
HITプラザ

HITとは 前身学府 名残なり

大学には略称がある。北海道科学大学は北科大と呼ばれ、表記される場合がある。大学の前身の北海道工業大学時代には道工大が一般に通用していた。北工大の略称を主張する先生も居た。道工大の英文表記はHokkaido Institute of Technology

学内環境

(2017・5・12)

食事時　料理サンプル　見て迷い

で、略称は英単語の頭文字を採ってHIT（ヒット）であった。この略称は北科大に改称した現在でも学内で見かける。HIT plazaのプレートがこの建物の入口にある。建物内は食堂とカフェで、休息コーナーのスペースもあり、食事時に人の出入が多い。

25 HITプラザの作者の経歴のわからない手稲山の絵

(2017・3・3)

食券の 販売機横 手稲山

北科大は北海道工業大学が前身で工学系の大学という事もあり、大学の建屋内で絵画を見ることはほとんど無い。絵画を探してみると、HITプラザの2階への階段を登ったところに紅葉の山を描いた絵が飾ってあった。画題は「仲秋の手稲山」

学内環境

ネットでは 探しあぐねる 作家なり

で作者は南部秀雄とある。ネットで調べても画家がどんな人物かを知ることができなかった。北海道工業大学同窓会からの贈呈品で立派な額に入っていて、プロの絵描きかとも思われる。しかし、ネットで検索できないとすれば素人かもしれない。

26 HITプラザ食堂の100円朝食

(2017・7・21)

一日を 始める力 朝ごはん

　HITプラザの食堂への通路に「100円朝食キャンペーン」の看板が出ている。キャンペーンとあるから販売促進の期間限定のものであるのはわかるとして、7月18日から同月31日までの2週間は短いのでは。1か月ぐらいの期間があればと利用者は

学内環境

(2017・7・21)

ワンコイン　朝食時間　過ぎにけり

思っているかもしれない。朝限定で、食べてはいないが、看板に「一日始まりの力朝ごはん」とある。この惹句を爪句風にもじってみる。食堂内は昼休みの利用のピークを過ぎていて、客影はまばらで、居残って雑談に興じている学生達の姿があった。

27 構内で見かけるセグウェイパトロール

運転は身体(からだ)傾けセグウェイ

構内をセグウェイで移動中の人が居る。服装から警備員と分かり、背中に警備会社の社名が見てとれる。写真を拡大して社名を読み、ネットで調べると、このＣ社は札幌に本社がある。警備の他に清掃とか設備も業務内容になっているので、北科

学内環境

セキュリティ
背中文字負い
警備員

大では同社に警備の他にも仕事を委託しているのだろう。セグウェイは公道では走れないけれど、大学構内の私有地では利用できる。ちょっと乗ってみたかったけれど、仕事中では乗せてもらえない。機上で身体を傾けながら方向転換して去って行く。

28 大学の表玄関に居を構えた同窓会事務局

(2017・4・14)

事務局は 新装開店 同窓会

北科大には「雪嶺会」という同窓会がある。学内にある同窓会の事務局は今までは人目にあまりつかない場所にあった。中央棟が新築され、その正面玄関のホールに面し同窓会の事務局が新装開店である。私立大学では卒業生の支援が大学運営に

学内環境

(2017・7・21)

同窓会 縁の品々 ケース埋め

大きく寄与することから、同窓会が大切にされると
いった事情があるためだろう。因みに雪嶺會の会員
は大学のHPには3万3千名とある。同窓会事務
室のガラスケースに大学縁の品々が展示されてい
て、新築初期と比べると展示品の数が増えている。

29 中央棟通路に展示された古い器具類

(2017・7・21)

古器具を　インテリアにし　通路かな

　2017年に新築となった中央棟（E棟）の2階の通路部分にガラスのケースが置かれ、工学教育や研究に利用された古い器具類が展示されている。製図用具、計算尺、タイプライター、天秤、蛇腹式カメラと、現在の学生が見たらどうやって利用し

学内環境

蛇腹式 乾板もあり カメラなり

たのか分からない代物もある。寄贈者の名前もあり、寄贈者にとっては思い出の詰まった道具なのだろう。ここは大学の博物館の雰囲気を出したコーナーであるけれど、学生達の興味を惹くものではなさそうで、インテリアの役目の方が大きいようである。

30 目立たない存在の
喫煙小屋

喫煙は　この小屋のみで　ひっそりと

北科大は平成30年度の薬科大との統合を目指している。薬科大では全面禁煙としていることから、統合に向けて北科大でも喫煙室を徐々に減らしてきた。ついに、平成28年度から校舎内から喫煙室が消えた。大学の敷地内で全面禁煙とした大学で、

学内環境

学内の 愛煙家には 厳しいか

敷地から一歩出た場所で喫煙を行い、問題となっている事例を知って、仮設の喫煙小屋を設置した。学内で最も奥の方であり、学外から見えない場所に建つ。心なしか、小屋に出入りする学生および教職員は目立たぬようにしている感がある。(三橋龍一)

31 構内から見える
冠雪の手稲山

(2016・1・15)

山頂に アンテナ群見 手稲山

景観

　昨年(2015年)から客員教授ということで年に数回特別講義を行っている。1月の半ばにその特別講義があり早目に大学に行き、構内でパノラマ撮影を行う。この冬は少雪で、新雪でも構内の積雪はそれほどでもない。大学の周囲に高い建物がなく大学正門の彼方に冠雪の手稲山が見える。昨年暮れ、北海道新聞社から札幌市十区の各区の秘境的見所の推薦を依頼され、手稲区は手稲山登山道のガレ場を挙げ、紙面にQRコード付きのパノラマ写真が掲載された。ここからはガレ場の辺りは見えないけれど山頂のアンテナ群は見えている。

　　少雪の　睦月新雪　学府内

32 ドローンによる空撮と着地失敗

(2016・12・27)

ドローン撮る　学府の南　手稲山

　ドローンの飛行では失敗がつきものである。日曜日の朝で人通りの無い北科大の正面通りで空撮を行った。飛行中ホバリングの位置がずれる。これでは空撮データからパノラマ写真を合成するのは無理かと思っていたけれど、パノラマ写真は上手く

景観

墜落の 機体埋もれて 深き雪

合成できた。この空撮データ取得後、ドローンの着地に失敗する。着地するというより墜落したといってもよい。幸い周囲に人は居らず、ドローンも積雪の上に落ちたので、回転翼のブレードに傷がついたぐらいで機体への損傷は軽微であった。

33 多雪の年の構内

(2017・1・25)

雪壁の 延びる構内 多雪年

　昨年から今年（2017年）にかけては雪の多い冬となる。北科大の構内を歩いても、除雪された道が雪の壁で囲まれたようになっている。空に白雲、地に白雪に白い建物が加わって白い世界が広がる。その中にあって校舎の壁にある赤いシンボルマー

景観

(2017・1・25)

開学を　我が金婚と　重ねたり

クが目立つ。大学のバス停でカメラを構えているとバスが停まり、学生達が降りてくる。バス停のところにある看板には「since　1967」とあり、今年は北科大開学50周年の記念の年となる。今年は我が金婚の年でもあり、偶然の一致に少々驚いている。

34 季節によるメインストリート景観の変化

(2015・4・14)

自転車の　花盛りなり　新学期

　札幌の景観は雪のある季節と雪が消える季節では同じ場所とは思えないほど変化する。北科大構内のメインストリートもその例に漏れない。2015年の4月に撮ったメインストリートの両側は自転車で占領されていた。街路樹に緑が戻っていないのに

景観

(2016・12・18)

自転車も　人も消えたり　日曜日

自転車の花盛りの表現が当てはまる。2016年12月にドローンを飛ばして構内の空撮を行うために出向いた時は、雪で覆われた構内に自転車の影を見ることはなかった。この通りの北端にある建物も古いものから新築中のものへと変化の途中である。

35 季節により印象の異なるローンの白樺

(2015・4・14)

白雲に 対抗するや 白き幹

北科大構内の開けた空間は図書館の南側のローンである。周囲に松と白樺の木が植えられている。常緑樹の松は季節によって印象が変わらない。落葉樹の白樺は葉のある季節と葉の落ちた季節では見え方が異なる。葉が落ちていても白樺の白い幹

景観

(2016・12・18)

雪原や　白樺幹は　くすみたり

は周囲の景色でかなり違って見えてくる。ローンの雪が解けて芝生の薄緑が戻ってくる頃の白樺の白い幹は、青空の白い雲に対抗しているかのように見える。雪の季節ではローンを覆う雪景色が圧倒的で、白樺の幹の白さは雪原の白さに消される。

36 構内から望める
　　シンボル景観の手稲山

(2017・5・1)

建屋間　シンボル景観　手稲山

　周囲に高層ビルがないので、大学構内からの見晴しが良い。大学の南西方向に1023mの手稲山が望める。構内の建物の間から手稲山が見えるような場所でパノラマ写真を撮ってみる。5月に入っても手稲山は雪で覆われている。パノラマ写真では

景観

残雪に　アンテナ列見　五月かな

拡大しても手稲山がはっきり見えない。望遠レンズで山頂部分を撮影すると山頂のアンテナ群が横一列に並んで写る。手稲山は大学から望める景観のシンボルになっている。大学の同窓会「雪嶺会」や大学祭「稲峰祭」も手稲山の名に由来している。

37 キャンパス正面の
バス停の芝桜

(2017・5・26)

アイデアは　ロゴを象(かたど)る　芝桜

　キャンパスの正面に北科大路線のバス停がある。コンクリート舗装のバス停を殺風景から救うかのように芝桜が植えられている。春から初夏にかけてピンクの絨毯は目を楽しませてくれる。芝桜は空地全面に植えられているけれど、校舎の壁

景観

芝桜　バスを囲みて　学府前

に大学のロゴマークがあるので、ロゴマークを象って植えられるとこれは評判になるのではなかろうか。ただし、造園屋に余分な経費を支払わねばならぬ難点がある。いっその事、花好きの職員や学生のボランティアに任せるアイデアもありそうだ。

38 野球場で行われている 体育の授業

体育の 授業を撮れば 手稲山

北科大は大学西通を挟んで南東側に講義棟や研究棟、北西側に駐車場や野球場等の屋外運動場がある。大学の授業には体育の授業もあり、この時は野球場でソフトボールの試合が行われる。二組に分かれて競技を行っている学生に聞くと1年生

景観

(2017・5・29)

野球場　授業が終わり　無人なり

だそうである。野球場から見える手稲山には未だ白い雪渓の筋が見えている。体育の授業が終わった後でドローンを飛ばして、野球場の上空からパノラマ写真撮影を行う。大学西通に沿って南西に残雪の手稲山、北東に前田森林公園が見えている。

39 構内から望む手稲山

手稲山　正面に見て　北科大

　北科大は手稲区唯一の大学であり、手稲山を真正面から見る感じである。適度な距離もあり、札幌市内からの眺めとしては最も美しいとも言われている。校舎建替え工事で一番奥の研究塔からでも手稲山を一時的に望むことができた。札幌テレビ塔や東京

景観

テレビ塔　スカイツリーも　かなわない

タワーは、本来はテレビやFMラジオの電波塔として建設されたものである。高層ビルなどにより受信障害が発生するようになり、関東圏では634mのスカイツリーを建設したが、札幌圏では1,023mの手稲山の山頂を有効に活用している。　　（三橋龍一）

40 北海道薬科大学
　　桂岡キャンパスの眺望

(2017・8・1)

　　学生の　賑やかさ消え　学府坂

　　北海道薬科大学の桂岡キャンパスは銭函の街とその先の海を見下ろす小高い場所にあり、眺めは抜群である。キャンパスの坂を登って来る学生には大変だったのではなかろうかと想像するも、キャンパスが手稲前田に移ったので今は昔である。学

景観

(2017・8・1)

　　銭函の　海眼下なり　桂岡

生の姿の消えたキャンパスでドローンを飛行させ空撮を行う。薬用植物園の入口付近で撮影した空撮パノラマ写真では地上に人影は見えない。銭函の海を眼下に捕える空撮パノラマ写真には、沖からの波を消す消波堤が真っ直ぐに延びている。

41 図書館のテラスから見たカササギ

(2016・6・21)

図書館の　癒し空間　テラスかな

　図書館の２階はテラスになっていて、テラスの前に木立が配されている。テラスに座って木々の緑を見て読書疲れを多少なりとも癒す配慮の設計と思われる。このテラスに出てパノラマ写真を撮る。撮影の最中に全身黒の中に白い部分が目立つ大型

自然

驚きは 初見カササギ 学府内

の鳥を見つける。今まで見たことがないけれど、カササギとわかる。大学構内にカササギが居るとは予想もしていなかったので驚く。木葉が邪魔をしてカササギになかなか焦点が合わない。それでも何枚かははっきりした鳥影を撮る事ができた。

42 大学構内に棲みついたかのようなカササギ

今年また　カササギ見つけ　芽吹き時

　昨年（2016年）の初夏の頃、図書館のテラスからカササギの写真を撮っている。それが頭にあったので、カラス似でも腹や羽の尻尾の一部に白い部分があり、長い尻尾を持つ鳥を見つけて、カササギと同定する。札幌ではあまり見かけない鳥で、

自然

カササギは　注目されず　学府内

北科大構内に棲みついたように見かけるのは珍しい。ネットで調べると、北海道のカササギの分布を調査している学術研究グループもある。北科大には野鳥や動物の生態系等について研究する研究者は居ないらしく、カササギは注目されないようだ。

43 大学西通の前田緑道に咲くヤマザクラ

(2017・5・1)

五月入り　開花の桜　探したり

桜の季節になり構内で開花したものがあるか、五月への月替わりの日に探しにゆく。大学正門前の稲山通とT字路になっている通りのところに桜の木が幾本かあり、開花していた。稲山通にぶつかる道は大学西通りの標識がある。通りの南東側に大

自然

ヤマザクラ咲く緑道や学府道

学の建屋が並び、北西側に大学の駐車場やテニスコートを始め各種競技練習場がある。桜はヤマザクラだろう。桜の木のあるところに「前田緑道」の石碑がある。大学西通に沿った緑道で、この道を北東方向に真っ直ぐ行くと前田森林公園に達する。

44 平坦な構内に造られた
築山での桜木探し

(2017・5・1)

築山に 登り桜木 探したり

　北科大の正門は稲山通に面してある。稲山通は南東から北西に延びる道路で、この道路に四辺形を当てはめたように大学構内がある。この辺りは元々平坦な土地で、起伏の無いところに校舎が建てられた。ただ、稲山通に沿って築山があり、木

自然

(2017・5・1)

花見には 寂しかりけり 桜木一本(き)

が植えられている。これは多分構内に自然の景観を取り込む目的で整備されたものと思われる。春先、桜の花を探してこの築山に登ってみる。稲山通と築山の間に桜の木があって、築山の上と下でパノラマ写真を撮る。築山にもっと桜があってもよい。

45 芝生で遠くからカメラを 向けてツグミ撮り

身を隠す 草丈足りず 逃げ準備

　北科大のキャンパスは自然豊かの表現から遠い。しかし、住宅街に囲まれた構内は野鳥の集まってくる場所になっている。図書館に接した芝生に、遠目には判別のつかない野鳥が餌探しに余念がない。しかし、近づくとすぐに逃げられてしまう。

自然

背を立てて　モデル歩きの　ツグミかな

見通しの良い場所なので、野鳥の方も人影を見つけ易いせいか、山林での撮影に比べて、より離れての野鳥撮りとなる。こうなると、撮った画像を拡大しての野鳥の同定となる。芝生に群れているのはツグミである。芝生なので草に身は隠せない。

46 図書館横の白樺の木に止まるヒヨドリ

白樺の　木を背景に　野鳥撮り

　図書館に接した芝生の広場とメインストリートの間に白樺の木がまとまってある。ここにヒヨドリが来て止まっているのを撮ってみる。大学が建てられた初期の頃は、大学の周囲には家がほとんど無かったのに、最近は住宅地が大学に迫って来て

自然

ヒヨドリの 目の輝きて 学府内

いる。周辺の野鳥達にとって構内は餌を求めて自由に飛び回れる残された空間である。学業に忙しい学生達がカメラを抱えて野鳥を追いかける姿は目にしないけれど、結構な種類の野鳥が飛来するようである。特別講義をする前に野鳥撮影となる。

47 構内で撮影したアオジ

スズメ似の　野鳥を撮りて　アオジなり

　出版が目前の 32 集目の爪句集「爪句＠日替わり野鳥」の校正を行っていて、北科大で撮影したアオジのページを見ている。この爪句集の次は「爪句＠北科大物語り」を予定していて、これは共著の爪句集となる。しかし、1 冊の爪句集にするには

自然

構内で 囀る姿 撮り得たり

作品数が不十分で、北科大に関する爪句取材を続行している。構内で撮ったアオジの撮影写真を見返して、北科大の自然のカテゴリーに写真と爪句を追加する。5月上旬に撮影していて、アオジが囀る様子が写っている。構内での探鳥の一コマである。

48 野鳥の隠れ場所の
　　図書館横の立木

(2017・5・1)

野鳥追う　場所を撮りたり　芽吹き時

大学の周囲は住宅地で、立木があまり無く、野鳥の居場所に適さない。これに対して、構内の図書館の横には立木がまとまって植えられていて、ここに野鳥がやって来る。渡り鳥と思われるツグミの群れが芝生で餌になるものを探している。これ

自然

松枝に 逃げた野鳥(とり)撮り ツグミなり

をカメラに収めようと近づくと、立木の上に逃げられてしまう。未だ葉が茂っていない木なら野鳥の姿を追いかけられるが、松の枝に逃げられると写真に撮るのは諦めるしかない。それでもどうにか撮れる場合もある。松の枝の野鳥はツグミらしい。

49 運動施設のつながる草地のヒバリ

(2017・7・29)

住宅地 競技草地を 挟み撃ち

大学西通に沿って住宅地に挟まれた区画の緑地が延びる。ここに大学駐車場、サッカー場、テニスコート、ソフトボール場、ラグビー場、野球場、総合グラウンドが並ぶ。ドローンで空撮すると、各運動施設をつないで刈り込まれた芝生が続く。

自然

疾く逃げる　野鳥を撮りて　ヒバリなり

この芝生のところで野鳥を見つける。近づくとすぐ逃げるので、遠くから望遠レンズで撮ってみる。草地でよく見かけるヒバリのようである。ヒバリの特徴の冠羽がはっきり写っていないけれど、冠羽を寝かせている時もあるのでヒバリだろう。

50 北海道薬科大学 桂岡キャンパスのコケ道

(2017・8・1)

コケ道の　先に薬用　植物園

　北科大と統合予定の北海道薬科大学の桂岡キャンパスは、山の斜面を造成して整備された。同大の薬用植物園につながる山道は笹藪と林を切り拓いて造られていて、整備されているもののコケで覆われた道が続いている。所々にキノコが顔を出して

自然

(2017・8・1)

木柱が 学術交流 伝えたり

いる。薬用植物園につながっている道なので、木の名前を書いた標識が所々で目に付く。少し開けた場所に「瀋陽薬学院学術交流五周年」と記された記念の柱が目に留まる。札幌市の姉妹都市瀋陽市にある大学と学術交流が行われていたのを知る。

51 モエレ沼公園での気球の実験

(2016・11・19)

ARTSAT　実験基地は　大学車
アートサット

　2017年に開催予定の札幌国際芸術祭のイベントの一環として、モエレ沼公園で「宇宙から見える彫刻、宇宙から聞こえる即興演奏」の企画が進められている。現時点では空から映像や音楽を送る無線装置を気球に取り付け（ARTSAT）、上空に運ぶ事が

研究

水重し 下げた気球が 舞い上がり

考えられ、その技術的助言が北科大の先生達に求められた。そこで手作り気球を上げる実験がモエレ沼公園で行われ、同大学の先生達や学生達が参加した。風の強い日で、ヘリウムを詰めた小さな実験気球は風にあおられ、飛ばす事もままならなかった。

52 無造作に各種装置が置かれている研究室

(2017・3・3)

学生が 去れば眠りの 装置なり

大学の研究室は先生と年度毎に入れ替わる学生が研究用の装置を動かし、管理する。大学の先生は教育や学生指導の他にも管理運営の諸々の事を処理せねばならず、研究に割く時間が取れない。すると研究のため購入した装置を使っていた学生

研究

立体の印刷進み　裸体像

が卒業すれば、装置は主人を失って研究室内で眠ることになる。M教授の研究室を覗くと、パソコンの他に組み立てられたドローン、プリント基板作製装置、3Dプリンターまである。3Dプリンターで製作した女性の裸体のフィギュアが目につく。

53 放送局並みの機材を備える
本格的なメディアスタジオ

現実を　グリーンバックで　ヴァーチャルへ

　　未来デザイン学部メディアデザイン学科には、TV放送番組制作可能レベルのプロ用機材（HDカメラ、モニター、照明など）とグリーンバック映像を他の映像やCG画像と様々なパターンで合成可能な、映像合成装置を持ったスタジオがある。今後の

研究

ITで 未来を映す 夢の部屋

インターネットによるTVの本格的な放送開始を念頭に、Ustreamへの生放送配信も可能である。専門科目「映像デザイン」では、TV番組制作を体験し、その他に各種撮影やイベントなどに利用される多目的スタジオとして活用されている。　（小松隆行）

54 整然とMacが配置された
マルチメディアラボ

創造と Macの凄さは 我がチカラ

　　Mac全37台（教員機1／学生機36）が設置されたメディアデザイン学科のマルチメディアラボには、クリエイティブ業界標準のソフトウェアが多数導入され、デザイン系の授業を展開している。クリエイター志望の学生はもちろんデザインができる資

研究

いつの日か 名も無き君よ 花開け

質を兼ね備えた人材を育成するために自由開放時間も用意され、全学科の学生が利用できる。クリエイティブ業界の就職活動に備える学生は、自分の作品を作り貯めて、作品集を作る必要があり、地道な作品作りを経て、将来の道を拓く。　（小松隆行）

55 HIT-SATを打上げた日本が誇った世界最大の固体ロケット

歴史ある固体ロケット最終機

　M-V-7という名の純国産固体ロケットを、HIT-SATの打上げ数日前に内之浦宇宙空間観測所（鹿児島県肝付町）まで行き見学する。全長30m、直径2.5mという大きさは固体ロケットとしては世界最大で、糸川先生のペンシルロケットから続くもの

研究

ロケットも　間近で見れば　ただの筒

である。しかし、国の政策でこの固体ロケットの打上げは最後となるという。貴重な機会なので、組み立てタワーに登って近くで見るとただの鉄管のようである。側面に書かれたM-Vという文字で、確かにこれがロケットだと確信できる。　（三橋龍一）

56 人工衛星に搭載する
   無線局の免許状

識別信号	JR8YJT

無線設備の設置場所又は移動範囲

軌道傾斜角	98	度
軌道周期	90	分
近地点高度	250	km
遠地点高度	600	km
軌道の種類	楕円軌道　太陽同期軌道	

電波の型式、周波数及び空中線電力

```
500HA1A   437.275 MHz
20K0F2D   437.425 MHz
```

免許状　この一枚に　奔走し

超小型衛星 HIT-SAT との通信には無線を使用する。衛星は国内に限らず世界中に向けて電波を発する。衛星の無線局の取得は北海道では前例がなく、霞ヶ関等まで足を運び国際調整などの手続きを進める。その過程で、衛星の様々な情報が公開

研究

ベリカード マニア垂涎 レアものだ

され、世界中の無線マニアの知るところとなる。無線マニアの受信目的の大きなものには、受信したことを証明するベリカードを取得することにある。実際、ロケットから切り離し直後に受信報告をしてくれたのはフロリダ在住の人であった。（三橋龍一）

57 北海道で唯一の超小型
衛星用の運用管制局

小型だが 北海道では 初のこと

2006年9月23日に打ち上げられた北海道で開発された唯一の人工衛星であるHIT-SATの運用管制局が設置された研究室がある。CubeSatと呼ばれる一辺が10cm程度の超小型衛星で、打上げと運用に成功したのは、世界でも東大と東工大に次ぐも

研究

運用後 表には出ず 脇役に

のでその成功は快挙といえる。衛星は1年9ヶ月ほどで大気圏に再突入して燃えつき、管制局もその役目を終える。その後に打ち上げられている他大学の衛星データ受信協力局として、人工衛星からの電波を最初に受信成功することもある。（三橋龍一）

58 超小型衛星との
　　通信用アンテナと雪害

衛星と　地上をつなぐ　命綱

　5千km以上の通信距離が必要な衛星（HIT-SAT）の電波の送信出力は、0.1Wと携帯電話より微弱である。そのため高い指向性を持つクロス八木アンテナが必要となる。ところが日本では製造されていない。アメリカとフランスの小さな会社で製

研究

設計者 雪国知らず 強度無し

造していることがわかり、フランス製のアンテナを設置したら一ヵ月後の大雪で無残な姿となる。まるで宮崎駿監督の「天空の城ラピュタ」に登場するロボット兵の様である。フランスの大都市では、札幌のような大雪が降る事はないと悟る。（三橋龍一）

59 廃棄される学内の骨董品

引退を ひっそりと待つ 骨董品

電気電子工学科は、1968年に新設された電気工学科の末裔である。大量の古い電気機器類が学科内の倉庫に眠っている。左は廃棄処分を待つ実験装置の面々である。これは、強電と呼ばれる分野の実験装置で、当時は非常に高価であったと思われる

研究

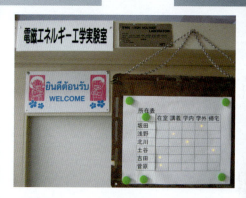

行き先が　電光表示　さすがだね

骨董品である。右は学生がLEDを使いお手軽に作った電光式の行先表示板である。学内の各ゼミには行先表示板が多くあるが、円盤磁石を使ったものが一般的である。他学科の学生・教員から、さすが電気と感心された一品である。　（故　槌本昌則）

60 結晶作りの苦労と期待

今度こそ　良い結晶を　見てみたい

> 　窒化ガリウム（GaN）半導体は、高輝度白色ランプや青色LEDとして広く知られている。ゼミの学生が、北科大が保有する高価な大型実験機材である写真の分子線エピタキシー（MBE）装置を用い、窒化ガリウムの仲間である窒化インジウム（InN）

研究

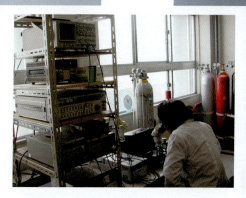

特性は　良いか悪いか　胸躍る

結晶膜を成長させる。成長温度や照射する分子線強度などの条件に敏感で、特性の良好な薄膜を得るのは至難の業である。毎回、今度こそは、電気的にも、光学的にも優れた単結晶薄膜が得られるようにと、祈るような気持ちで成長を促している。（澤田孝幸）

61 西安信理事長の
　　塔時計談義

(2015・6・10)

理事長が　学府紹介　都市秘境

　道新文化センターの「身近な都市秘境を歩いてみよう」講座で、受講者20数名と北科大を見学する。始めに西安信理事長の同大紹介の話がある。同大のシンボルの時計塔は西理事長の尽力で設置されたもので、札幌時計台の米国ハワード社製の

人

ハワード製 秘蔵時計の 披露なり

時計復元に遡る経緯の説明があった。同大の塔時計はハワード社の元チーフエンジニアのブラックウエル氏の会社バルザーファミリー社製であると紹介される。講演中に西理事長秘蔵のハワード社製の年代ものの思い入れの懐中時計が披露された。

62 廊下に並ぶメディア　　デザイン学科のパネル

パネルから　メディアデザイン　学科知る

人

　廊下の角に未来デザイン学部メディアデザイン学科のパネルが立て掛けられている。この学科では各種アプリやゲーム、コンピュータ・グラフィックス、Webコンテンツを対象として教育と研究が行われている。パネルには学科案内や指導教官の似顔絵と並んで、学科で制作したと思われる手稲区成人式のポスターがあった。成人式で総合司会やパーフォーマンスを行ってもらう新成人の募集である。大学の学部生の約1/4は新成人だろうから、募集をかける母数は大きい。さて、応募した新成人が現れたのだろうか。

デザインも　見習い中の　新成人

(2016・1・15)

63 北科大研究生の
　　電力完全自給の自宅記事

北科大
記事に名の載り
　　　　大宣伝

道新夕刊（2016年11月19日）に「電力完全自給　工夫光る暮らし」の見出し記事。「札幌の会社社長　道科学大と研究」の見出し文字も見える。会社社長とは道科学大（北科大）の研究生でもある福本義隆氏で、北科大の三橋龍一教授と一緒に大きな

人

北電と 縁切り民家 都市秘境

写真で載っている。北電と縁を切り、太陽光パネルに頼った生活は「都市秘境を歩いてみよう」のテーマにぴったりで、昨年（2015年）5月に道新文化センターの同講座の参加者21名と同氏邸を見学している。参加者は説明に感銘した様子であった。

64 秋葉先生サイン入りのロケット模型を手にする三橋教授

ハウマッチ
権威サインの
模型なり

　三橋龍一教授にeシルクロード大学の勉強会で講義をしてもらう。ドローンを使って山菜採りで遭難した人を見つける捜索方法に関するものである。話はドローンからハイブリッドカイト、宇宙工学まで飛んで、宇宙工学の研究で助言を得てい

人

お宝の　価値は分からず　門外漢

る秋葉鐐二郎先生の紹介がある。秋葉先生は糸川英夫博士の直弟子で、ペンシルロケットやその後の国産ロケットの開発者で、宇宙工学の権威である。秋葉先生にペンシルロケットの模型にサインを入れてもらい、お宝になるとの話が披露された。

65 小部屋で研究打ち合わせ中の秋葉鐐二郎先生

(2016・6・21)

小部屋から　凧衛星を　思考上げ

秋葉鐐二郎先生は東大工学部卒業後同大学助手としてペンシルロケットの開発を行った。宇宙科学研究所教授・研究所長を勤めた後、道工大（後に北科大）の教授の経歴もある。1930年生まれで86才になられても研究を続け、自

人

(2016・6・21)

研究の　情熱冷めず　八十路中

ら論文をまとめ学会で発表している。北科大の三橋龍一教授のところにドローンの件で出向くと、同教授の手配で秋葉先生の研究打ち合わせに急遽顔を出すことになる。紐付気球（凧）で人工衛星を上げる研究らしく、その場でパノラマ写真を撮る。

66 学生時代に学年担任教授だった松本正先生

(2017・3・3)

パネル中　知る顔のあり　学史なり

> HITプラザのホールに北科大の大学史のパネル展示があり、その様子をパノラマ写真に撮る。パノラマ写真を合成して細部を改めて見ると、北海道工業大学第5代学長松本正先生の写真がある。先生は編著者が北大電子工学科の第一期生だった

人

師の写真 電磁波講義 記憶片

ときの学年担任教授であった。先生の写真を撮り直しに行こうしていて日にちが経ち、改めて行ってみるとパネルは取り払われていた。構内に建築中だった新しい建屋ができて、その玄関ホールのところに先生の写真があるのを見つけて撮っておく。

67 広報の掲示板で紹介された写真展

写真家と自称できるか記事を見る

　　北科大の広報の掲示板に客員教授の取り組みということで、北海道新聞の記事が掲示される。JR江別駅近くの「ドラマシアターども」の2階ギャラリーで行っている「江別全球パノラマ写真展」である。スマホでQRコードを読み込むと全球パノラ

人

(2016・7・2)

写真展 スマホ利用の 趣向なり

マ写真を鑑賞できる新趣向である。福本工業の福本義隆氏や山本修知氏の作品も一緒に展示している。ギャラリーの廊下に机を出して、これまで出版した都市秘境本、爪句集、スケッチ集も並べる。大学の客員教授のみの肩書では買い手がつかない。

68 サッポロバレーの記憶を引き出す竹沢恵准教授

女子学生
記憶引き出し
サッポロバレー

　情報ベンチャーの集積地としての「サッポロバレー」が全国に喧伝されていた最盛期の2000年に「サッポロバレーの誕生」という本が出版された。出版元は「北海道情報産業史編集委員会」である。本に掲載された編者者の講義風景に一人の女子学

人

(2017・5・29)

写真見せ　これ先生か　尋ねたり

生が写っている。彼女は現北科大准教授の竹沢恵先生である。北大時代の縁で竹沢先生にも爪句集に登場してもらおうと大学の先生の居室でパノラマ写真を撮る。北大では編著者の研究室ではなかったけれど、画像処理の研究が専門で現在も続いている。

69 室内で飛ばすトイドローンと最新ドローン

操縦の　顔真剣に　トイドローン

2015年の6月に北科大で特別講義を行った。世話役は同学の三橋龍一教授である。講義後三橋先生の部屋で研究に使うドローンを見せてもらう。操作に慣れるために購入したという玩具のドローンを部屋の中で飛ばし実演である。操作には

人

(2017・7・20)

手の先で　ドローン操る　新技術

コツが要るようである。それから2年後の2017年の7月に、月1回の「eシルクロード大学」の勉強会で三橋先生は最新のジェスチャーコントロールのドローンを室内で飛行させて見せてくれる。操縦者の顔を認識してかざした手に反応する。

70 早々に大学の掲示板に貼り出された北海道新聞南空知版

空知版 早々掲示 謎のあり

大学の広報の掲示板には新聞報道のあった北科大関係者やイベントの記事が貼り出される。広報担当者が新聞等から同大の名前が載った記事を拾い出してくるらしい。大学は札幌市手稲区前田にあり、担当者が目にするのは北海道新聞の札幌版だろう。

人

(2017・7・21)

三記事に 我が名の出たり 掲示板

それが同紙の南空知版に載った「北海道鉄道写真館」新設の記事が早々に掲示板に貼り出されていたのは意外である。南空知版は当事者の著者の手元にも無く、広報が記事コピーを入手したのは謎である。新聞写真には三橋龍一教授の顔も並ぶ。

71 希望に満ちた入学式

うれしくも　希望に満ちて　写真撮る

毎年4月初めの大きな行事は入学式である。高校生までと大きな違いは自己責任の下、若く頭も身体も人生で絶頂期に自由に行動できることであろう。入学式へ列席するご両親も、毎年の入学生の増加により増え続けている。ついに、平成28年度

講義・学生

満席の 会場内で 感激す

の入学式では広い会場が満席になり、立ち見のご両親も出て申し訳なく思い、当然ながら教員は立ち見である。今年度は、現役の札幌市議であり、なおかつ市議会議長を務めた70歳の大学院入学生も新入生として出席して話題になった。（三橋龍一）

72 学び舎を後にする卒業式

喜びの 記念撮影 卒業式

　毎年3月中旬は他の大学と同様に北海道科学大学でも卒業式（最近は学位記授与式）が開催される。平成27年度の学部・短期大学部・大学院の卒業生・修了生は合計718名であった。看板の前や大学のマスコットキャラクターと共に、満面の笑みで記念

講義・学生

学位記を 受け取ることは 名誉なり

撮影を行う学生が多い。学位記の授与を学長から直接授与されるのは各学科を首席で卒業した学生であり、名誉なことである。大学生活で得たことを糧にして、これからも技術者として学ぶ姿勢を忘れずに社会で大きな活躍を願う。 （三橋龍一）

73 学期末の就職活動

(2017・3・3)

情報の　開示解禁　企業名

　3月1日は2018年採用大学生に対して企業の情報開示解禁日である。1年後に卒業を控えた学生にとって企業選択は人生における賭けともいえ、真剣にならざるを得ない。大学の教室が急遽企業の説明会場になりスーツ姿の学生がお目当ての企業

講義・学生

(2017・3・3)

就活の　スーツ姿で　学期末

の話を聞いている。今年の企業面接は6月からスタートで、今回は企業紹介の話を聞くだけである。しかし、学生の方のスーツ姿を見ると、もう水面下では就活の下準備的なことが行われているのかもしれない。4年生には就活本番の新学期となる。

74 新築中央棟での特別講義

(2017・4・14)

学生が パソコン並べ 講義時(どき)

　著者は北科大の客員教授で、時たま学生相手に特別講義を行う。2017年度の新学期が始まった早々「ドローンのセンサ技術と応用」の講義を電気電子工学科の2年生に行った。講義開始直前教室の様子をパノラマ写真に撮る。これまで講義はパソコン

講義・学生

若人に最新技術講義せり

を使ってスライドをプロジェクターに映して行っていた。今回はiPad miniを使い、このタブレットに記録しておいたデータを利用して行った。タブレットでインターネットに接続してパノラマ写真を表示させて見せることができ、便利さを実感する。

75 老桜に似た古稀の研究生

雪嶺を　横目に小走る　通学路

古稀を迎えた私を、北科大は研究生として受け入れてくれました。大学へは、手稲駅から嶺に雪を頂いた手稲山を横目に見ながら若い学生さんと一緒に25分歩きます。歩くのが早い学生さんに負けないよう通学路は小走りです。50年前、私が20

講義・学生

キャンパスに　五十年遅れの　遅桜

歳の頃、開学まもない北科大(旧道工大)の生徒募集広告を通勤バスの車内で毎日見て会社に通っていました。50年後、まさか、その北科大に通う事になるとは！咲くことはもう無いと思っていた老桜にも、いつか春は来るようです。　　(福本義隆)

76 試験期間の学生生活

(2017・1・25)

図書館は 期末試験で 自習室

> 雪の季節には図書館横のローンは厚い積雪で足を踏み入れることができず、図書館周辺の雪景色は館内からの窓越しを考える。しかし、図書館1Fのロビーはいつもと違って検問機が設置されていて、定期試験期間中はロビーが試験勉強のための

講義・学生

日替わり丼(どん) 完食難義 高齢者

教室のようになっている。学生も集団で真剣に試験勉強中である。食堂に入っても、学生同士で試験の話が交わされる。注文した昼食は「日替わり丼」で、後期高齢者の胃袋にはボリューム過多であっても、若い学生には並の量なのかもしれない。

77 夢プロジェクト

アイディアを　カタチにできる　プロジェクト

　北科大には、学生が自分達のアイディアを出し、それをカタチにできる「夢プロジェクト」という制度があり、採択されたものには資金援助が行われる。今年度(2017年度)採択されたプロジェクトに、私が所属する工学部情報工学科の学生8名が活動

講義・学生

ITで大学魅せるQ-PIT(キュービット)

する「Q-PIT」がある。Q-PITの目的は、AR(拡張現実)やVR(仮想現実)といったIT技術を活用し、大学の魅力を学外に伝えることである。学生達の自由でかつ豊かな発想により、プロジェクトを大成功へと導いて欲しいと思っている。(竹沢恵)

78 学生からの声でもらう清掃のやり甲斐

学生の 元気な声で 力(りき)もらう

真夏は暑く、真冬は凍える中で早朝から清掃の仕事をしている身にとっては、学生さんからの「おはようございます」の元気な声に力をもらえて、今日も一日頑張ってきれいにしようという気持ちになる。来学者から、こんなにきれいな大学を見

講義・学生

どこよりも　輝き求め　床掃除

たことがないと言われることが最もうれしい。ひどく汚れたところをきれいにすることは少々きついが、きれいなところをよりきれいにするのは、やりがいがあると共に楽しくもある。きれいにすると、汚しにくいようでもある。
　　　　　　　　　　　　　　（寺崎加奈子）

79 寄贈の謂れが風化した振子時計

(2017・1・25)

謂(いわ)れ聞き　立つ人に見え　時計かな

　7号館の2階の廊下に少しスペースがあり、そのほぼ中央に振子時計が置かれている。立派なもので寄贈のプレートに「新井進　平成8.10」とだけ記されている。初めは気に留めていなかったけれど、本爪句集の原稿を書く段になってこの時計の謂れ

講義・学生

時計盤 背後にからくり 月暦(つきこよみ)

を聞いてみる。応用電子工学に在籍中の学生が不慮の事故で亡くなり、父親の新井氏が授業料を寄付され、これで設置されたと聞く。時計にまつわる話は既に風化していて、それを知る教職員はほとんどいない。時計は今でも時を刻んでいる。

80 学生達の溜まり場の
　　ある中央棟

(2017・7・21)

居残こりて　何を話すか　軽食後

　講義や演習から解放された学生達の溜まり場所は軽く食事をしたりお茶をする気分の場所が選ばれる。新築された中央棟の1Fにサンドウィッチの店やテイクアウトの店が入居していて、軽食を摂るため学生が利用する。時間があると食事後も

講義・学生

(2017・7・21)

学生の　溜まり場ありて　中央棟

話し込んでいる。北科大と道薬科大が一緒になる準備段階にあるため、以前に比べると女子学生が多くなっている。テーブルの並んでいるところは吹き抜けになっていて2Fから見下ろせる。その2Fも椅子が置かれ休憩している学生の姿がある。

81 自動車展示が物語る北科大のルーツ

(2015・8・8)

展示場所　離れられずに　カーマニア

　オープンキャンパスの構内に自動車の展示が行われている。これは北科大のルーツが自動車運転技法教授所から発した自動車学園にあること、現在も北海道自動車短期大学が同学園グループの一員であることなどによる。スポーツカー、ジープ、

イベント

セグウェイ　構内走り　人気なり

オープンカー、運搬トラックと種々の車が展示されている。最近は若者の車離れが言われているけれど、やはりカーマニアは居り、試乗したり写真を撮ったりしている。公道を走ることのできないセグウェイの体験試乗もあり、こちらは人気である。

82 専攻や研究紹介の学生が着るお揃いのTシャツ

説明員　飾りガラス背に　座り居り

オープンキャンパスでは図書館のロビーは各専攻の紹介や研究成果の展示会場になっている。説明担当の学生達は大学のシンボルマークを染め抜いた赤（オレンジ）のTシャツを着ている。大学のHPのシンボルマークの説明では、北海道の

イベント

(2015・8・8)

Tシャツ お揃いで着て 説明会

頭文字「H」をベースに学生、地域、教員、職員を表すリボンが一つに交わり、大きく広がって行く様を表しているとある。「＋Professional」は「＋」を前につけて、基礎能力を前提にする専門性獲得との解説があるけれど、意味が少々不明である。

83 オープンキャンパスでの スポーツクライミング

(2015・8・8)

見上げるは 模擬岩場なり 体育館

　北科大のオープンキャンパスで体育館に足を運んでみる。大学入学後のサークル活動の紹介コーナーが並んでいる。体育館の隅にスポーツクライミングが行える壁があり、ここで実演が行われている。見物人が集まっていて、人工の石の突起物

イベント

若者をスリル惹き付け　岩登り

（ホールド）に手と足をかけて登っていく演技者を見守っている。高さ15メートルの傾斜した壁をよく登るものである。若者にはこういうスリリングなところが受けるのだろう。2020年の東京オリンピックで追加競技に決定していて人気が出ている。

84 オープンキャンパスの賑やかさと静かさ

(2015・8・8)

人気列 教室巡りの TOURS(ツアー)なり

オープンキャンパスでは研究室巡りの受付のテント前に希望者が並ぶ。赤シャツ姿の在校生が整理を行っている。さすがに父兄の姿は見られない。しかし、最近は問題のある大学生はその父兄とも相談すると聞いているので、オープンキャンパス

イベント

(2015・8・8)

芝生には 人影少なく イベント日

に父兄の姿が無くても、入学後は先生にとって父兄は気になる存在だろう。見学者が並んだり歩いたりしている場所から少し離れた芝生の広場では人がまばらで静かである。この芝生は普段はもっと学生が居るのだろうが、この日は少なかった。

85 大学祭(稲峰祭)に並ぶ屋台

学祭に 地域の有志 集(つど)い来る (小林敏道)

> 毎年9月末に行われる大学祭(稲峰祭)に北科大同窓会の地域支部メンバーが地元の特産品を持ち寄って出店。大いに大学生を盛り上げている。町内会の方が毎年それらを目当てに来学されるほどである(小林敏道)。大学祭は屋台を出して客を

イベント

(2016・9・24)

味見する　勇気に欠けて　学府祭　(青木曲直)

呼び込む学生も、それを冷やかし気味に見て行く客も圧倒的に若者が多い。それにしても大学祭では北科大に限らず模擬店が大流行りで、学生達が調達してきた食材で作る食べ物はどんな味なのか興味がありながら未だ試していない。　（青木曲直）

86 稲峰祭と銘打った北科大学祭

(2016・9・24)

正門で 稲峰祭の 文字を読み

　北科大の大学祭は「稲峰祭（とうほうさい）」と名付けられている。「稲峰」とは大学構内から望むことのできる手稲山である。頂上にアンテナ群の林立する1023mの山で、1972年開催の札幌冬季オリンピックの会場になった。祭りの期間中大学の正門

イベント

(2016・9・24)

学生が 思い思いに 客誘い

のところに飾りが置かれ「第49回稲峰祭」の文字が見える。手稲山は生憎雲がかかっていて山頂部分は見えない。正門から北東方向に大学のメインストリートが延び、その両側に模擬店のテントが並ぶ。模擬店の学生が思い思いに客を勧誘する。

87 稲峰祭での 専門路線の展示

(2016・9・24)

住宅展 手持無沙汰で 説明員

　大学祭は食べ物の模擬店が客寄せの主役である。しかし、大学構内まで行って模擬店巡りで終わってはもったいない。研究の専門性や趣味を前面に出した展示もあるのだが、見て行く客は少ない。通りがかったエレベータ横のコーナーではHUS住宅特集

イベント

(2016・9・24)

衛星は 話手聞き手 説明難

の展示があって、説明役の学生が座っていた。宇宙開発研究同好会では道産初の人工衛星 HIT-SAT の展示があり、開発を行った教授自らが説明を行っていた。話の内容は専門的で、説明する方も聞く方も頭を使い、祭り気分はどこへやら、となる。

88 大学のマスコット・キャラクター「かがくガオー」

(2016・9・24)

ネズミかな 「チュウ」ではなくて 「ガオー」なり

　大学祭の構内を大学のマスコット・キャラクターの着ぐるみが来客にアッピールしている。胸のところに名札が付いているので見ると「かがくガオー」とある。「科学」に雄叫びの「ガオー」をつなげたのだろう。「ガオー」にしては顔が可愛い。

イベント

(2016・9・24)

看板で 大学売り込む マスコット

「チュウ」ぐらいだろう。しかし、このネーミング、小学校の児童が考えたレベルに思えてくる。同大の大学生からの公募なのだろうか。それとも担当者が名付けたものだろうか。科学大学（生）でもネーミングのセンスは磨いてほしいものだ。

89 大学祭で構内を訪れる市民

(2016・9・24)

賑やかさ　若者多く　学府祭

大学祭には地域の一般市民が訪れる。この時構内は種々雑多な人で埋まるけれど、大学祭ということもあり、若者が多いようである。大学祭はどこも模擬店が主流で、テントの店が並び、食べ物や飲み物が供される。著者の全球パノラマ写真撮影

イベント

(2016・9・24)

テント内 休息客が 席を埋め

法は8枚の写真を撮り、これを貼り合わせ1枚の全球パノラマ写真に合成している。人の流れの中で8枚の写真を撮ると、時間差で重なり部分の処理が上手く行かない点が出てくる。その点に目を瞑ると、大学祭の人出の賑やかさは記録できている。

90 菊まつり会場の
　　北科大の看板

(2016・11・3)

専門は　かくの如しと　菊作り

　地下歩行空間「チ・カ・ホ」ができてからは「さっぽろ菊まつり」のメイン会場は地下街からこちらに移っている。2016年の文化の日に「チ・カ・ホ」に展示された菊の作品を見る。地下歩行空間の両サイドの壁には大きな広告が並び、菊のパノラマ

イベント

Professionai（プロフェッショナル） 文字に重なる　菊の花

> 写真を撮ると、これらの看板も一緒に写る。北科大の広告看板もあり、「＋Professional」の文字がある。専門性が身に付く大学の意味だろう。学問・研究と趣味の菊作りでは異なる領域でも、高度な専門技ということでは相通じるものがある。

91 ニセコ登山で利用する
　　北科大の山荘

山荘名　芦原とあり　縁人(ゆかり)

ニセコに北科大の前身の北海道工業大学（道工大）の同窓会20周年記念事業として建てられた「北科大芦原ニセコ山荘」がある。建物に名前がある芦原義信氏は東京大学名誉教授で1998年には文化勲章も受賞している。同氏は道工大の客員教授

ニセコ山荘

(2015・10・3)

寝る場所は 各自で確保 山の宿

で、ニセコに所有していた土地を大学に寄贈し建物が建てられた。この建物はニセコ周辺の登山に際して良く利用した。宿泊の手続きは北科大の三橋教授が行い、札幌から出向いた登山仲間が好みの場所のベッドを確保し、夜は自炊の宴会が続く。

92 ドローンによる
山の遭難者発見の実験

(2016・6・10)

山荘の　空地転じて　実験場

北科大芦原ニセコ山荘横の広場で目隠しの被験者が空に向かって指さし動作である。山で道に迷って、笹藪や木の葉に遮られて上空の視界が開けていなくても、遭難者発見のため飛んでくるドローンの翼音がわかれば、手の打ちようがあるという

ニセコ山荘

目隠しの 被験者(ひと)が指したる ドローンかな

三橋龍一教授の考えに添った実験である。目隠しは視界が利かないという状況を作り出している。被験者全員上空のドローンの方向を指している。この実験が三橋先生の研究成果になったのかどうかはわからない。翌日は全員白樺山に登山した。

93 ニセコ山荘の思い思いの朝の一時

山荘は 糠漬けも出て 朝餉なり

宿泊した北科大の施設ニセコ山荘の朝は各自思い思いの過ごし方となる。朝の一番の働き手は小樽から参加の境氏で、グループ全員の朝食を一手に引き受けてくれる。メニューは腕に撚りをかけたカレーで、これに秘伝のキュウリの糠漬けが並べら

ニセコ山荘

(2017・3・8)

朝餉前　ネットにつなぎ　仕事なり

れる。その横で朝からビールを飲んでいる、古稀を迎えた北科大の研究生もいる。古稀に比べると格段に若い方はスマホやノートPCと睨めっこである。大きなガラス窓の外には、昨夜に降った積雪の景観が見え、さすが雪のリゾート地ニセコである。

94 一夜で咲く雪の花を
　　見るニセコ山荘の朝

(2017・3・8)

雪の花　咲きて車は　雪埋もれ

　三月上旬でもニセコは大雪となる。山荘の周囲
の空き地が駐車場で、車を停め山荘で一夜を過ご
す。翌朝、車は雪に埋まっている。山荘周囲の林
の木々も雪の花が満開である。車まで行く足跡が
積雪の上に雪穴のように残る。早朝の雪空の薄暗

ニセコ山荘

雪道に 最強ジープ 出番待ち

い中、この景観を全球パノラマ写真に残そうと足場を固め撮影を行う。何時大雪に見舞われるかもしれない豪雪地帯ではジープは最強の車となる。しかし、乗り心地の良い車とは言えず、マニュアルの運転も面倒そうで、マニア向けの車に見えてくる。

95 地と空から見る
　　雪のニセコ山荘

(2017・3・8)

　　静寂に　大砲音し　未確認

北科大の芦原ニセコ山荘は登山や勉強会、加えて懇親会に利用する。三月上旬の山荘泊のニセコ行きの目的の一つは登山であったが、雪で登山取り止め。その代わりに新雪で化粧直しをしたような山荘の周囲の雪世界を歩きパノラマ写真を撮る。早

ニセコ山荘

(2017・3・8)

アンヌプリ 羊蹄共に 雲隠れ

朝の音の無い世界に時折大砲のような音がする。スキー場で、音で予め雪崩を起こさせる安全対策のためかと思うけれど、未確認。ドローンを飛ばして、空から山荘の周囲の景観を撮影してみる。生憎雲でニセコアンヌプリも羊蹄も山頂は見えない。

96 ドローン飛行訓練場としてのニセコ山荘

並べたり　飛行訓練　ドローンかな

利用が急速に拡大してきているドローンは、札幌市内は人口密集地ということで、山間部を除けば飛行させる場所がほとんどない。国土交通省から飛行許可をもらうと、大学の構内で飛行させる事はできる。この点、ニセコ山荘は付近に民家や施

ニセコ山荘

新雪や ドローン飛行の ヘリポート

設がないので自由にドローンを飛ばすことが出来、飛行訓練場の様相を呈することがある。山荘周辺で飛行させようと持ち込まれたドローンを床に並べてみる。Phantom3や4の機種がある。新雪を除き、にわか造りの簡易ヘリポートから飛行させる。

97 ニセコ山荘の雪の朝

ニセコ朝 焦点合わぬ リスを撮る

　山荘で朝食前にガラス戸越しに外を見ていると
リスが姿を現す。素早い動きで新雪の中を移動す
る。画面内にリスを収めるのがやっとで、今一焦点
が合っていない。今朝も雪が降っていて、この地
のリスが雪解けの春を迎えるのは未だ先の事であ

ニセコ山荘

(2017・3・9)

雪林や　リスも野鳥も　姿無し
せつりん

る。山荘の内からリスを目にしたので、あるいはリスの写真を撮れるかと深い雪を漕ぎ分けてリスの居た近くを歩く。リスはおろか、野鳥にも出遭わない。長靴の踏み跡の残る積雪の中でパノラマ写真を撮ると、山荘の建物が林の向こうに写っている。

98 ニセコ山荘内の
ドローン飛行

(2017・3・7)

我は鳥 吹き抜け空間 飛びて見る

　室内でドローンを飛ばし、空撮パノラマ写真がどの程度のものか実験する。データを取得してから、持参のノートPCの狭い1画面で取りあえずの処理を行う。最初の試みにしては思った以上の写真になっている。山荘室内の様子が見て取れる。

ニセコ山荘

室内にドローン浮遊し写真撮る

北科大の芦原ニセコ山荘行きはドローンを飛ばす事も目的の一つである。最近の性能の向上したドローンはセンサを搭載していて、室内でも安定して飛ばす事ができる。同行の三橋教授の操縦するドローンが室内で浮遊し、これを写真に撮る。

99 冬の芦原ニセコ山荘

静寂に つつまれ過ごす 冬山荘

雪深いニセコにある北科大芦原ニセコ山荘で空撮パノラマ写真を撮影しました。山荘はニセコの名山に囲まれた素晴らしい環境に立地しており、冬は澄んだ空気と静寂の中、素晴らしい時間を過ごすことができます。上空から見ると、山荘の周

ニセコ山荘

山々の　恵みの地下水　流れゆく

囲には小川が流れていることがわかります。極寒の雪原に流れるそれは、まるで地割れのようにも見え、北海道ニセコエリアの大自然の一部を表しているようです。四季折々の景色や空気を感じに、何度でも訪れたくなる場所です。　　（山本修知）

100 パノラマ撮影専用カメラによる空撮

ドローンで ニセコ山荘 下に見る

芦原ニセコ山荘は大きなガラス窓に囲まれていても、周囲には樹林しかないのでカーテンもない。ニセコに住んでいる人でも、この山荘の存在を知っている人はごく少数である。宴会の途中でビールが尽きてタクシーで近くのコンビニエンスストア

ニセコ山荘

近辺が　開発されて　落ち着かず

へ買い出しに行ったことがあり、年配の運転手でも山荘の存在を知らなかった。しかし、ニセコは外国人から人気が高まり、山荘周辺まで開発が行われ始めている。向かいの建築物により、素晴らしい環境が失われないことを望む。　（三橋龍一）

北科大構内3DCG モデル映像

　北海道科学大学の新キャンパスの3DCGモデル映像です。未来デザイン学部メディアデザイン学科の授業で、長年学生が制作してきた学内施設の3DCGモデルを集めて、新キャンパスモデルにしました。2017年に開学50周年を迎え、2018年には北海道薬科大学が薬学部として統合され、学生と教職員で5000人規模の大学になります。
（https://youtu.be/wNn_cmiLZsU（小松隆行））

あとがき

　これまでの爪句集シリーズで、本爪句集が出版準備にとりかかってから出版まで一番長い年月がかかっている。それは足掛け3年に及ぶだろう。こうなったのは、巻頭の覚え書きにも書いているように、共著であることが大きな理由である。共著であるからにはなるべく多くの方からの作品が集まるようにと意図したが作品が集まらず、結果的に目論んでいた以上に時間が費やされた。

　北科大（北海道科学大学：略称として道科学大もあり）を素材にした爪句集出版の構想が浮かんだ頃から、同大学の関係者の作品募集と取りまとめには同大学の三橋龍一教授にお願いした。爪句集に編著者の空撮パノラマ写真に関した作品があり、それに関連して同大学構内でドローンを飛行させる事も三橋先生にお願いしている。同大学の施設である芦原ニセコ山荘でのドローン競技大会のような催しも、三橋先生の尽力によるところが大きく、その時の作品が本爪句集に採録されている。

　出版がなかなか日の目を見なかったため、共著者から作品を預かっていて、出版前に故人にならた先生が居られる。工学部電気電子工学科の槌本昌則教授である。お亡くなりになったのは2015年12月の事で、54歳の若さであった。作品

を頂いていても未だお顔を見ていない共著者は、出版後の記念パーティにでもお会いできるだろうと思っていたら、それは実現不可能となってしまった。植木先生の生前に本爪句集が出版できなかったことが心残りとなった。この「あとがき」で先生のご冥福をお祈りする。

作品が集まってから、爪句集の体裁を整えるためカテゴリーを設け、10のカテゴリーにわけて編集した。共著者の作品が「研究」のカテゴリーに集中していて、共著者達が理系大学に勤務している背景を物語っている。この点は「覚え書き」でも触れている。科学や技術論文とは異なる、文芸の要素の強い作品を生み出す作業は、日頃の研究とは勝手が違っていただろう。共著者が、普段馴染みのない爪句の作品作りのために立ち止まって考えても、やはり日々対象にしている科学や技術の分野に自然と目が行くことになるのだろう。これは新しい爪句の可能性を示唆しているとも言える。

科学や工学を専門としていて、研究の感想やメモ代わりに爪句の形式を利用するのも、爪句の発展方向の一つではないかと考えるようになっている。専門外の読者に専門の論文を読んでもらうのは無理な相談である。しかし、写真つきの句と短文のメモ程度のものであれば、読者は何となく研究の核心に触れた気にもなろう。研究者の方も爪句作りが研究論文を書く合間の気晴らしになるか

もしれない。

　日頃の研究・教育業務とは離れた事に時間を取ってもらい、本爪句集出版にご協力いただいた共著者にはお礼申し上げる。巻末の地図製作には三橋教授と娘（次女）さんにご協力いただいている。地図はキャンパスの案内に役立つかと差し込んでいる。地図を差し込む最終段階になって、共著者のお一人小松隆行教授の研究室で制作している3DのCGモデルによるキャンパスの映像を見る事になった。これは北科大の施設紹介にうってつけで、爪句集に印刷したQRコードを読み込む事により動画が見られるように編集した。作品以外のところでご協力いただいた方々にお礼申しあげる。

　これまでの爪句集出版と同じく共同文化社のNさんには原稿のチェックから始まり、爪句集の体裁への助言、校正から印刷段階でもお世話になっている。今回の爪句集出版と同時期に、2018年用の「北海道の絶景空撮パノラマカレンダー」の制作をNさんに頼んでおり、これらの仕事が重なって大変だった事と推察する。今回も又Nさん始め出版に関わったアイワードの関係者にお礼申し上げる。

　爪句集の作品で少し触れているけれど、北科大の創立50周年の年に編者も金婚の年を迎えている。偶然とは言え、記念の年の一致は何か因縁めいている。この節目の年が重なった状況で、爪

句集を又1集出版できたのも妻の助けがあればこそで、妻に感謝する。

最後に前爪句集「爪句＠日替わり野鳥」（2017年5月）に倣って、ビットコイン（BTC）で爪句集代を支払ってもらえる可能性を本爪句集にも載せておきたい。そのため、ビットコインの編著者の口座（アカウント）のQRコードを印刷しておく。爪句集のビットコインでの値段は、2017年9月の中旬の円対ビットコインの相場から0.0012BTCとしておく。しかし、相場はどんどん変化するので、これは爪句集をビットコインで購入しようと思えば、それができるという実験的な意味でしかない。ただ、年月が経てば、ビットコインがどれほど変動したかの記録になり、それはそれで面白いのではないかと思っての試みである。

米同時テロ16年の新聞記事が載った雨の日に…
2017年9月12日

🔍アカウント1

3K5D8EEv3
hm5N3e7Mr
H3Ahn6ZAV
tsoePdb

ビットコイン口座アドレス（bitFlyer）
爪句集定価 0.0012BTC

著者:青木曲直(本名由直)(1941〜)

北海道大学名誉教授、工学博士。1966年北大大学院修士了了、北大講師、助教授、教授を経て2005年定年退職。eシルクロード研究工房・房主(ほうず)、道新文化センター「身近な都市秘境を歩いてみよう」の講座を持ち、私的勉強会「eシルクロード大学」を主宰。2015年より北海道科学大学客員教授。2017年ドローン検定1級取得。北大退職後の著作として「札幌秘境100選」(マップショップ、2006)、「小樽・石狩秘境100選」(共同文化社、2007)、「江別・北広島秘境100選」(同、2008)、「爪句@札幌&近郊百景 series1」〜「爪句@日替わり野鳥 series32」(共同文化社、2008〜2017)、「札幌の秘境」(北海道新聞社、2009)、「風景印でめぐる札幌の秘境」(北海道新聞社、2009)、「さっぽろ花散歩」(北海道新聞社、2010)。北海道新聞文化賞、北海道文化賞、北海道科学技術賞、北海道功労賞。

共著者：小林敏道　　　小松隆行　　　澤田孝幸
　　　　竹沢　恵　　　槌本昌則(故人)
　　　　寺崎加奈子　　福本義隆　　　三澤顕次
　　　　三橋龍一　　　山本修知
　　　　（五十音順）

≪共同文化社　既刊≫

〔北海道豆本series〕

1　爪句@札幌＆近郊百景
　　212P（2008−1）
　　定価　381円＋税
2　爪句@札幌の花と木と家
　　216P（2008−4）
　　定価　381円＋税

3　爪句@都市のデザイン
　　220P（2008−7）
　　定価　381円＋税
4　爪句@北大の四季
　　216P（2009−2）
　　定価　476円＋税

5　爪句@札幌の四季
　　216P（2009−4）
6　爪句@私の札幌秘境
　　216P（2009−11）
　　定価　476円＋税

7　爪句@花の四季
　　216P（2010−4）
8　爪句@思い出の都市秘境
　　216P（2010−10）
　　定価　476円＋税

9　爪句@北海道の駅−道央冬編
　　P224（2010−12）
10　爪句@マクロ撮影花世界
　　P220（2011−3）
　　定価 476 円+税

11　爪句@木のある風景−札幌編
　　216P（2011−6）
　　定価 476 円+税
12　爪句@今朝の一枚
　　224P（2011−9）
　　定価 476 円+税

13　爪句@札幌花散歩
　　216P（2011−10）
　　定価 476 円+税
14　爪句@虫の居る風景
　　216P（2012−1）
　　定価 476 円+税

15　爪句@今朝の一枚②
　　232P（2012−3）
　　定価 476 円+税
16　爪句@パノラマ写真の世界−札幌の冬
　　216P（2012−5）
　　定価 476 円+税

17　爪句@札幌街角世界旅行
224P（2012−7）
定価 476 円+税

18　爪句@今日の花
248P（2012−9）
定価 476 円+税

19　爪句@札幌の野鳥
224P（2012−10）
定価 476 円+税

20　爪句@日々の情景
224P（2013−2）
定価 476 円+税

21　爪句@北海道の駅―道南編1
224P（2013−6）
定価 476 円+税

22　爪句@日々のパノラマ写真
224P（2014−4）
定価 476 円+税

23　爪句@北大物語り
224P（2014−11）
定価 476 円+税

24　爪句@今日の一枚
224P（2015−3）
定価 476 円+税

25 爪句@北海道の駅-根室本線・釧網本線
豆本　100×74mm　224P
オールカラー
(青木曲直 著　2015-7)
定価 476 円+税

26 爪句@宮丘公園・中の川物語り
豆本　100×74mm　224P
オールカラー
(青木曲直 著　2015-11)
定価 476 円+税

27 爪句@北海道の駅-石北本線・宗谷本線
豆本　100×74mm　208P
オールカラー
(青木曲直 著　2016-2)
定価 476 円+税

28 爪句@今日の一枚-2015
豆本　100×74mm　224P
オールカラー
(青木曲直 著　2016-4)
定価 476 円+税

29 爪句＠北海道の駅
―函館本線・留萌本線・富良野線・石勝線・札沼線
豆本　100×74㎜　240P
オールカラー
（青木曲直 著　2016-9）
定価476円+税

30 爪句＠札幌の行事
豆本　100×74㎜　224P
オールカラー
（青木曲直 著　2017-1）
定価476円+税

31 爪句＠今日の一枚―2016
豆本　100×74㎜　224P
オールカラー
（青木曲直 著　2017-3）
定価476円+税

32 爪句＠日替わり野鳥
豆本　100×74㎜　224P
オールカラー
（青木曲直 著　2017-5）
定価476円+税

北海道豆本 series33
爪句@北科大物語り
都市秘境100選ブログ http://hikyou.sakura.ne.jp/v2/

2017年10月20日 初版発行

著　者	青木曲直（本名 由直）
企画・編集	eSRU出版
発　行	共同文化社 〒060-0033 札幌市中央区北3条東5丁目
	TEL011-251-8078　FAX011-232-8228
	http://kyodo-bunkasha.net/
印　刷	株式会社アイワード
定　価	本体476円＋税

© Aoki Yoshinao 2017　Printed in Japan.
ISBN 978-4-87739-304-5